nathália ferreira

mulher latino-americana, nascida em São Paulo em 1994. Trabalhadora do Sistema Único de Saúde (SUS), poeta, psicóloga, feminista, humana, faminta de tanto sonho e desejo e busca.

Escreve desde que se descobriu gente (ou vice-versa).

Ninguém sai ileso do corpo é seu primeiro livro publicado.

NINGUÉM SAI ILESO DO CORPO

nathália ferreira

editora Urutau
primeira edição
2022

O —

editora Urutau

avenida peirao besada, 6 – 2D
36163 poio-pontevedra
(espanha)

rua cajus, 478
jardim das cerejeiras, cotia — sp
brasil
06724-015

[+55] 11 94859 2426 [brasil]
[+34] 644 951 354 [galiza]

www.editoraurutau.com.br
contato@editoraurutau.com.br

[EDITORES]
tiago fabris rendelli & wladimir vaz
[COORDENAÇÃO DE REVISÃO]
debora ribeiro rendelli
[REVISÃO]
marcella sarubi
[DIAGRAMAÇÃO]
victor h. azevedo
[CAPA]
victor h. azevedo, sobre ilustração de herman henstenburgh

dados internacionais de catalogação na publicação (CIP) de acordo com ISBD

ferreira, nathália
F383n ninguém sai ileso do corpo / nathália ferreira. — cotia : urutau, 2022. 140 p. ; 14cm x 19,5cm.

ISBN 978-65-5900-264-1

1. literatura brasileira. 2. poesia. I. título.

CDD 869.1
2022-1505 CDU 821.134.3(81)-1

elaborado por vagner rodolfo da silva - CRB-8/9410

sumário

I. A PELE E AS PEDRAS

II. PARAGENS ESTRANHAS DAS ENTRANHAS

Para aquelas que sobreviveram

e àquelas que não

Cantar a folha é reverenciar
a permanência da árvore.

L. A. Simas

Então é melhor falar/tendo em mente que/
não esperavam que sobrevivêssemos.

A. Lorde.

I. A PELE E AS PEDRAS

convite

leia-me
estou posta
à mesa
senta

leia-me
comigo
come
da minha fome

no meio da pedra

no meio da pedra tinha um caminho
eu vi com meus próprios olhos de menina

tinha um caminho no meio da pedra
entre as pernas da rocha incessante
a água lambia numa aposta de séculos
no meio da pedra tinha um caminho

eu tinha pressa, com meu coração de menina
e a pressa nada pode junto às pedras

nunca me esquecerei que no meio da pedra
tinha um caminho
tinha um caminho no meio da pedra
que acontecimento!
na breve vida de minhas retinas apressadas

cheia de espanto tropecei
naquela ferida do encontro
na queda
d'água sangue brotei
do joelho

aninhada
na boca implacável da terra
tive pele pra ver
que dentro do caminho
no meio da pedra
tinha um caminho
que tinha uma pedra
que tinha um caminho
que tinha uma pedra
que tinha muitos caminhos

sim, me lembro como se agora
como se operam milagres
e agouros: sem sobressaltos
a pedra, naquele dia,
me reconheceu mulher
e se caminhou em mim

corpos no caminho

a dureza dos esbarrões na plataforma
seu cotovelo em riste nas calçadas
meu ombro-armadura nas manhãs
sua pele sutil debaixo da minha
encostar um pescoço desejar seu desejo
sua pele inflamada embaixo da minha
seu olhar sobre mim como passarinhos
sobre o fim da tarde
uma língua na minha como um desconvite
uma mordida que dói, outra que enlaça
seus contornos desfeitos feito enxurrada
feito a delicadeza do orvalho na testa
meus pés traçando rotas de fuga
quicando latinhas na multidão
meu pescoço querendo ir embora pra casa
um ar quente na sala fechada
por onde visito suas entranhas e você as minhas
deixa que eu seguro sua bolsa
por favor não me deixe
cair
um hálito desconhecido invadindo o rosto
a intimidade forçosa do espaço público
minhas pernas correndo até sua porta

a intimidade desejada do espaço mútuo
eu quis o peso dum desconhecido nas costas
eu quis as mãos partidas pra não querer mais
te tocar
um sino toca e desajeitados dançamos
um pé em cima do meu deixa uma nódoa cinza
seu pé dormindo áspero embaixo do meu
minhas pernas correndo sem poder ir embora
de mim a pé, de avião nem de trem
te carrego de volta por baixo das unhas
ficou no tecido um seu cabelo
minhas unhas fincadas no tornozelo
meu rosto corando até escorrer vermelho
do nariz dos olhos eu caótica entre carros
na beira de você, a vertigem
a inelutável descontinuidade de nós
um nó na garganta
minhas mãos desgrenhadas desdenham
sua pele é cruel debaixo da minha
é pela pele que te engulo o mundo, osmótica
pelos poros da pele me vomito
de volta
e dedilho a tarde que se abre toda
minha pele por cima da pele
segurando dentro a desordem da carne
os tendões as tensões os tesões a vontade
de abismo
a vontade
          de viver
                    à vontade

dentro do meu corpo-concha
dentro do meu corpo-tralha
meu corpo — entretanto
entre tantos
só
meu

trópico

achava que seu perfume se
chamava mall mas chama
malbec — vi no google

a embalagem é marrom como o cheiro
é marrom como é marrom a cor
da sua pele
        malbec black, na verdade chama
        intenso club, diz o site
o cheiro intenso não lembro e intensamente
não esqueço
        o incômodo
        nunca gostei muito desses perfumes
é forte demais e você diz que passa
        até pra comprar pão
        diligente nos dois lados do pescoço, nos
dois pulsos, esfrega, e depois no torso. assisto
        é muito perfume demais eu penso
        o incômodo
        de começar a amar o cheiro que
detesto
        porque parece perfeitamente acoplado à
sua pele, à percepção que tenho dela

brilhando suada sob o calor da cidade
o rastro do seu perfume no banheiro me
faz espirrar
o cheiro do meu óleo de coco no seu cabelo
o cheiro do banho antes e depois
o cheiro da sua boca precedendo o fio dental
um gosto de menta por sobre o
mangue
sua mão me sustentando nas noites de medo
seu mijo seu gozo seu corpo-bicho o meu
desacostumado derretendo sob o sol da cidade
tudo aquilo que tenho medo de dizer
o que eu digo
um cheiro de sal sobre o
mar a areia que resta
dentro da orelha
uma concha em cujo dentro ressoa:
sua risada
a distância entre nós
que eu não queria achar tão irremediável
minha crueldade e meu medo

saboreio mais o cheiro ocre do teu suor de
bicho, ali
debaixo do braço
aquilo que vem de debaixo da pele
sua pele, solta
brilhando sob a lua da cidade
coberta de malbec boticário black 100 ml.

poema de amor e alergia

enquanto eu lia um livro no horário de almoço
uma borboleta linda quase pousou em mim
mas me assustei quando vi de relance suas asas:
eram tão insetas pretas e listradas

dizem que borboletas dão sorte

pela quantidade de susto que carrego,
a sorte hoje não pousou em mim
mas pernilongos sim nesse calor
são muitos
as picadas incham e coçam
tenho alergia digo a todos pra explicar
os rombos vermelhos esparramados pelo corpo

enquanto eu lia um livro no horário de almoço eu pensei
que não sei alcançar onde em mim mais coça
e coça coça coça
quer me exigir alguma coisa de urgente
e não diz o quê

eu ali sempre na beira da urgência tenho cabeça
que não cessa de pensar e que deseja

tanto carinho e que se assusta
e por isso e outras cositas más não deixa
que as borboletas me acarinhem

*

rosa luxemburgo ensandecida enfurecida incendiária desobediente
prefere os jardins às reuniões do partido
faz amizade com os caramujos,
seu corpo vivo transpassando a prisão

você exala um cheiro alcalino que me ultrapassa
te inalo e te devolvo
te imagino animal ferido
em combate e te farejo

sei contar de mim
prefiro as florestas aos jardins
e sei que o povo dos Jardins se pudesse fazia esquecer
todos os povos das florestas

Rosa, devorada e deglutida
você tem um cheiro felino e metálico e eu
ainda não te conheço

tenho vontade de instaurar barricadas
só de peraltice
andar às barrigadas de papo pra cima,
sou capaz de incendiar o que tentar me impedir,

acho que é disso que se trata a revolução
retomar o sagrado direito do papo pro ar

se pudesse eu saía a dançar, talvez não possa
mas há sempre joaninhas que podem aparecer
na sua cela
e quem sabe pinta uma amizade, uma aliança
com as duas pintas das suas asas
essas três pintas da sua cara
e o olhar curioso que hoje gestei no mundo

o vento na cara, a vontade de viver
pulsando no útero puteiro do mundo
máquina de criar e capaz
de nos devorar tudo

rosa luxemburgo eu gostaria
de conhecer seus amigos caramujos
e o seu cheiro
meu ventre também ronca
com fome de tudo que ainda não sei

*

eu faço a baldeação
num corredor comprido cheio
de gente eu não vejo
ninguém eu ouço
funk no fone de ouvido
eu não vejo a hora
de chegar em casa
eu prendo o ar
quando passa um velho
sem máscara
eu faço a baldeação
todos juntos debaixo
da terra eu não vejo
ninguém
ou vejo todos
cozinhados numa massa só
que nem arroz empapado
que é outro jeito de não ver,
eu vou achando
que só eu tenho limites
distinguíveis e penso e sinto e tenho
preocupações nos ombros

eu ultrapasso pessoas na altura
da catraca eu me sinto
flutuando sobre minhas pernas
que andam sozinhas como se
algo me separasse em duas bem
no meio de mim eu vivo
agora no andar de cima
mais especificamente dentro
de onde quer que seja que penso
em quantas pessoas já será
que não vi e toquei
ou em você que foi
a última que vi que toquei,
eu desço degraus e meu coração
para
no meio de uma ideia
porque no final dos degraus há
uma garota e ela está
ajoelhada assim no chão frio
em silêncio segurando
um cartaz de papelão surrado
e o cartaz diz
F O M E
em letras garrafais

e por detrás da sua fome
ela nos encara
a todos de olhos firmes
a fome deve ter mesmo esses olhos

duma raiva plácida sem borda
e sem medo
eu passo por ela
trajando um cartaz que
não diz nada
meu nada
uma aberração
mais do mesmo
eu continuo andando
eu faço a baldeação

*

(junto é o lugar onde não sabemos nada
e quando achamos que sabemos
só podemos estar enganadas)

*

tenho chupões espalhados pelo corpo todo
hematomas
cansados virando feridas

são mãos que poderiam abrir mar
tirar de dentro seu corpo
lambê-lo
segurar na tesoura um desejo
agressivo

tesouras podem voar pra longe, mas as mãos
não
quase sempre permanecem
mesmo partidas

as baratas por sua vez algumas voam
como tesouras outras não,
são como mãos, são como
tâmaras pretas caminhando elétricas
pelos submundos
caminhando pela minha pele restando
como marcas
da sua presença

ainda repouso leve no seu corpo
coberto de escamas
esse que de repente
se volta contra si próprio
esse que de repente
ruge ódio
me expulsa
se debate no ar
se rebela

mas já não preciso mais nada quebrar
pra me lembrar que tenho mãos
já não preciso voar
pra lembrar que desejo

nos dedos buchas arranco de mim
as peles mortas
placas cinzentas já pedindo arrego

mãos no cabelo facas na manteiga
segurar as tesouras
bem perto do peito

já não preciso mais
de você

família

chorar o choro de minha mãe
pra que não empedre mais no seio
de futuras gerações

calázio

lavei os olhos com xampu
johnsons baby o amarelinho
como o médico mandou
no more tears ele promete

com os dutos lacrimais calejados
eu penso
nesse meu corpo calejado
com tanto medo de se sentir até o fim
o fim é fundo

no more tears ele promete
sem nunca ter visto o fundo
assim é fácil

lavo os olhos com johnsons baby o amarelinho
e continuo chorando

o mandacaru e eu

da lembrança de florir por uma só noite
meu Mandacaru guarda a grande
cicatriz:
rebentar é irreversível

por quantas noites gestou, meu Mandacaru,
seu majestoso gesto de flor
tão breve?

toco sua cicatriz e sinto que o amo
terá valido a pena?
eu e ele, tecendo o risco de brotar

brotar é perigoso
não brotar também
conter-se em si
quando tudo transpassa

hoje viver me arrebenta a pele
devir-cacto nas feridas estourando lábios
abraço meu silencioso amigo
que um dia me gritou em flor
seus espinhos e os meus se acariciam

eu, também, sei me sustentar ereta na aridez
eu, também, me preparo e vivo para uma noite
que não sei e sei que virá

a intimidade é a última distância intransponível

o primeiro beijo é sempre mais difícil
as mãos se embolam desreconhecem
a língua o palato a caverna
onde nunca esteve

no primeiro beijo
as borboletas na barriga morrem
é como atravessar
uma paineira

o primeiro beijo é sempre o menos beijo
os pés tropeçam no chão a cabeça
às vezes cai pra longe as alturas
nunca estiveram antes tão paralelas e esses
centímetros
me dão dor nas costas

prefiro sempre o último beijo
ao primeiro
até que eu me esqueça
como foi

você

seu umbigo incontornável
em formato de fechadura:
era um convite ou um aviso?

o cheiro seu
um tom lácteo no hálito
algo metálico no ventre não sei
se existem chaves onde estão
pra poder decifrar os signos do corpo
pra poder entrar

guardo seu corpo falando menino
na beira do sono repleto
de inocências

no abrir do dia rápido erige-se o muro
mas os olhos continuam
úmidos com esses cílios
enormes

quando quer conter a emoção seu olho
esquerdo esbugalha
a dermatite se espalha

como uma frente fria cobrindo o corpo
o lábio tremula de frio

quero te alcançar
te cobrir com um abraço longo
dizer pra sua maciez que é seguro aqui fora
embora não seja

suas pernas mexem de leve enquanto dormem
envoltas da penugem fina
me diz pra onde
suas pernas querem ir

se for pra mais longe do que agora por favor
não vá
a camiseta com seu cheiro segue viva
no fundo do armário continuo amando
portas trancadas minha tapioca
sempre passa do ponto ainda não aprendi
a ser quem serei depois de você

*

pessoas que se amam intimamente
em público dentre as que não se amam intimamente
não deixam nunca de se tocar
como se suas peles se continuassem
falam uma da outra como se tivessem um complô
como se estivessem em conluio
como se soubessem tudo uma da outra
ou quisessem muito que saibamos
que sabem
sorriem
e dizem "ele é assim"
e "nós também adoramos pizza de aliche"
posam pra fotos uma quase que deitada na outra
as mãos sobre a barriga especialmente os casais héteros
tiram fotos em parques e espinhas em costas
as pessoas que se amam intimamente
não se cansam
em público
como suportam os lugares
onde não se conhecem

romance

na frente do espelho pentear
meus cabelos
escovar os longos e encaracolados
dentes
pintar sobre meus olhos outros olhos
sobre esta boca, esta

guardar-me no armário
junto dos tênis e dos raios x
dos assombros, da caixa
de manuscritos que me atravessam
as entranhas
aquilo que é terrível demais
pra ficar sendo visto

guardar-me no armário
e sair pra te encontrar
eu, aquela parcela eu
que você ainda consegue
engolir
sem atacar o refluxo demais

toco sua pele

são muitíssimas mesmo as fábulas
e faunas e falhas e fraturas
que nos tecem

são poros e articulações
flatulências
uma meada de fios embaraçados
redes neurais e de artérias
dedos, texturas, vazios
tubérculos, tuberosidades e memórias
em arranjos nunca dantes vistos

com tudo isso em mente
e tudo em jogo
toco sua pele
e não sinto nada
isso me entristece

os corpos que posso tocar

o quanto me abrigam
o quanto me deixam

mais só

*

no vagão sinto emanar
dum corpo seu calor até o meu

intuo suas peles por baixo dos sacos
de mercado
um toque é tudo
com seus despropósitos

um toque sem utilidade sem mapa
a seguir sem tabela
a preencher um toque
que saiba estar perdido

que saudade dum calor
humano de uma mão
na minha testa
da melancolia do seu corpo
nu

uma mosca pousou na sua mão
dormente
seu pescoço uma cascata
onde subo por pedras eternas

onde sempre
sobro

vou me dizer pra não esperar ser adivinhada
me sinto só
tico incessante como um relógio ou uma bomba
no centro do coração

escolhendo entre rilke e lude freitas pra levar no trem hoje

por ora chega de ler bonitas cartas de velhos
pra jovens poetas
preciso ler agora outros jovens poetas
que inventem comigo a língua da criação
de si
de mundo
da língua
própria
pra contar o que se nos passou
transmutar o que nos transpassa
e inventar o que nos passará

isto por exemplo não é um poema
é uma roda de conversa
é uma constatação
coletiva

poemando

I
beber da fonte
da sua sede

II
esfregar bem na pele o raio solar
antes de se despir
esfregar bem
esperar que dure

III
escrever uma carta
como quem fabrica um espelho

IV
habitar a ponte
fincar os pés na terceira margem
de nós

V
olhar a pergunta bem no meio
dos olhos
sem precisar respondê-la

VI
segurar firme a batata quente
não a jogar
pra mais ninguém

VII
burilar as imagens
peneirando
perseguindo

VIII
rudificando de novo os diamantes
até encontrar as pedras

peles de papel

¿como fazer atravessar o corpo do poema
o poema do corpo
que só se escreve em silêncio?

no núcleo macio da experiência
as palavras, com suas durezas
escapam

as palavras são cascas
vazias das coisas (um eco)
que às vezes prolongam
um traço da pérola, ausente

como saber e aceitar
que assim seja
aceitar profundamente
o que é

e ainda assim
querê-lo:
escrever
com todas nossas as insuficiências
porque ainda precisamos
amar

caminhos

tinha uma pedra no meio do caminho:

1. me deitei entre pedra e caminho
2. tropecei feio e caí
3. tropecei feio, não caí e disfarcei
4. coloquei no cachimbo e taquei fogo
5. dei meia volta
6. peguei e carreguei no bolso todo o mês
7. peguei impulso e pulei por cima
8. joguei numa vidraça
9. comi na sopa da infância
10. me equilibrei por cima como palanque
11. joguei na água e não consegui fazer saltar
12. engatilhei num estilingue
13. amarrei no tornozelo
14. trombei de frente
15. coloquei sobre a barriga pra te ver respirar
16. esculpi uma obra-prima internacionalmente reconhecida
17. bati na cabeça até rasgar

urgente

I
resgatar a poesia da torre
devolvê-la à terra
cantá-la

II
tirar a poesia da boca
devolvê-la à pele
tocá-la

III
remover a poesia
devolvê-la
sentir sua falta

beuty

a embalagem do sabão diz
nutrição indulgente penso
é isso que quero pras minhas mãos
nutrição indulgente

me sinto feia
e me sinto nervosa apesar de tanta
yoga e meditação
talvez deva fazer mais

minha mãe comprou passiflora
do sidney da ultra-farma
seremos mulheres calmas?
sua necessaire produzida na china diz

beuty

em rosa e penso
é isso que quero pra mim
essa assim meio deformada
meio fadada ao fracasso beuty

talvez no fracasso more a liberdade

em matéria de estética
assim vos digo

serei indulgentemente
feia
e bem-nutrida
tenho mais o que fazer

eu me doo e doo

doar e doer dois verbos cansados
do que chamam feminino

quando um homem estava mostrando o pinto pra meninas perto da casa da tia

eu pego meu revólver, eu pico, jogo no feijão e dou pro cachorro comer, ela disse. ela só mandou ele embora e não falou nada, ela disse. eu tive que aprender a me defender sozinha, eu não vou me constranger, ele que tem que se constranger ela disse. se você ficar quieta, ele faz de novo com outra e pior. ela disse eu sou uma pessoa com muita coisa guardada dentro e implode por tudo quanto é canto de mim. não quero que imploda e não quero sustentá-lo. ela disse ela disse ela disse. esmagada na cadeira chega, eu grito por dentro, vou me desmontando. ser mulher naquela época era ainda pior ela disse, e antes era pior ainda. perder um emprego atrás do outro por não permitir que o chefe te assedie. não ter pra quem contar, não vão acreditar. quando você se separa a família inteira não fala mais com você, ninguém perguntou o porquê. meu pai ficou dois anos sem olhar na minha cara, só disse "o que os vizinhos vão pensar, o que os parentes vão dizer?". mulher não se separa. *Ou Senão*. mulher não responde desse jeito. mulher não fala alto. em silêncio permite que ele faça. com outras *Ou Senão*. seu sofrimento me invadindo feito lama da barragem, lento, asfixiando. eu perco os pés, navego a lama. eu com medo do homem que me abordou na praia. eu com medo do outro que hoje estava aqui embaixo com o pinto pra fora pra vizinha, eu com medo de voltar a sair sozinha por esta areia da infância, ontem tão segura. eu pensando que sei me defender, mas quanto? há coisas que não têm defesa e eu sim travo, não grito, se vierem pra cima eu nem sei. eu espero que minha época seja muito pior que a próxima. quero chorar, mas estou presa na cadeira estatelada. os olhos da tia enchem de lágrimas não ao contar do que passou, mas ao contar que não teve pra quem contar. a deixo chorar sozinha. duas meninas foram estupradas aí na praia à luz do dia. mas já faz tempo. quem era esse homem que tentava chegar perto de você debaixo d'água. se eu falasse b ao invés de a, se fosse cinco centímetros pra lá e não pra cá ele estaria com o pinto pra fora? eu gritaria? eu fujo, engasgo do meu silêncio. a tia reprova meu silêncio, quer pegar o revólver se ele aparecer de novo, minhas palavras são balas entupindo o tráfego da goela até o fim de mim. minha avó aprova o meu silêncio, não é educado criar caso demais, homem é cafajeste mesmo, o melhor é não falar e se possível não ver. porque a dor esmaga, esmaga, esmaga por dentro. te oprime na cadeira. você não acreditaria na sua filha? quem tanto não acreditou em você, quem não quis te ouvir? que eu grite ou rebente ou corra ou aceite em silêncio sempre falta, sempre tenho que ser isso ou aquilo sem saber. gostaria de apenas existir tomar sol usar biquínis andar na rua amar pessoas gargalhar fazer festa descansar deitar na rede ler trabalhar viver gostaria de poder Ser sem ter que portar sempre o facão e o grito como a tia, que se alarma com cada barulho lá embaixo e diz: aqui é preciso ficar esperta, eu tive que aprender a me proteger sozinha. todo mundo gostaria de estar protegido sem o cada um por si, e todo mundo sabe que tem coisa da qual é impossível se proteger. melhor fingir que o revólver na gaveta previne tudo, ou a singeleza, ou a invisibilidade, que a sua segurança seja sua responsabilidade e não mais essa massa intragável de impotência, chega. entupindo da goela até o fim de mim. a mulher dele sabia de tudo, mas ela era assim encolhida toda submissinha. o gesto que minha tia faz da submissinha parece o meu na cadeira, uma boa mulher, submissinha, uma má mulher, submissinha, uma má mulher é suja, uma boa mulher tem dez empregadas, uma má mulher teve muitos namorados, uma má mulher que ninguém quer, uma boa mulher cuida muito da cara, uma má mulher quem que lhe cuida, uma boa mulher uma má mulher uma mulher tem que tem que tem que. o que esse mundo quer de mim? ah, mas se fosse comigo, ela diz, eu digo, eu vou fazer o que com essa carninha podre aí, eu já dei tapa na cara do meu chefe e não fui demitida, eu chorei muito de noite sozinha e não tinha com quem conversar, eu vou até aí, eu pico, ponho no feijão e dou pro cachorro comer.

mulher largada

eu sujo eu pingo
eu esparramo
eu giro eu coice eu grito
eu gripo
pinto as patas
lambo pintos
enfio dedos
canto errado
babo
às vezes quando durmo
sonho

sou uma mulher largada
nunca paguei ninguém
pra me tosar os pelos
pra me clarear as presas
pra tirar espinhas

eu mesma
corto meus cabelos
eu mesma
afio as tesouras
eu mesma

teci o fio
o deixei crescer
o irei podar
deixarei cair
ao chão
eu mesma

a borda sutil do sagrado

existir é coabitar cotidiano e sagrado
como se fossem a mesma casa
comer batatas e ter crises existenciais
de jeitos mais inteiros do que quando falamos
e rimos sobre crises existenciais
sem sentir o peso do mundo
amarrado no umbigo

sabemos: a pele é o que temos
de mais profundo
mas tantas vezes esquecemos, só passamos
hidratantes
nos preocupamos com espinhas

eu pelo menos

invejo a completude do compacto
que éramos antes da explosão
que inaugura o mundo
quando éramos nada e éramos tudo
eu não era eu, não tinha pele e, portanto,
não precisava de ninguém

embora hoje com a solidão possamos
adubar flores e escrever palavras
mas, ai, antes
sem esse vazio que passa gritando
que nem uma banda de foles
dentro da gente

II. PARAGENS ESTRANHAS DAS ENTRANHAS

no cantinho rabiscado no verso

I

cuidado com o vão entre a palavra
e o ouvido

II

palavra é questão
de sistema digestivo

III

só ouve quem tiver força
de se perder em mim

um novo comparamento

Os rios recebem, no seu percurso, pedaços de pau, folhas secas, penas de urubu.
E demais trombolhos.
Seria como o percurso de uma palavra antes de chegar ao poema.
As palavras, na viagem para o poema, recebem nossas torpezas, nossas demências, nossas vaidades.
E demais escorralhas.
As palavras se sujam de nós na viagem.
Mas desembarcam no poema escorreitas: como que filtradas.
E livres das tripas do nosso espírito.

MANOEL DE BARROS, "Comparamento"

não me interessa

eu quero o poema das tripas, cheio de trambolhos
devir-urubu a lamber cada torpeza.
a antropofagia dos escombros só se aprende com a boca no
[trombone:
transmutação não é trabalho para os assépticos.
as mulheres sabem disso melhor, manoel
acolhemos a morte na carne todos os meses.
te digo, o rio de penas não está sujo: é habitado. largue as peneiras
são trilhas de milênios estes rastros
e o poema, poeta, é embarcar.

rastro

tem alguma coisa debaixo
do colchão. você percebe?
é como uma bolinha de gude
ou uma ervilha grande
ou uma farpa debaixo da unha
de outra pessoa

eu, que poderia sonhar qualquer coisa sozinha
vivo sonhando que perdi o ônibus
que perdi a hora
que perdi o sono

eu poderia sonhar qualquer coisa
exceto que não posso
então cavalgo
sozinha

última vez que dormi bem foi esses dias na beira da piscina
acordei achando que estava na sua cama
o sol torrando
nos alcançava bem no meio da
cara nos lambia o olho
risonho

uma vez era verão bem no meio-dia
acordamos grudadas pelas coxas
pra desgrudar ardeu que nem um
tapa

eu vivo sonhando
que me perdi

já hoje acordei achando que ainda
estava no quarto laranja da infância, a casa
se refazendo em cheiros de café da manhã
por entre a névoa
mas cheiros de café da manhã só podem
te surpreender quando tem mais gente
em casa

você está em casa?
estou com medo
de que a bola esteja alojada
entre minhas costelas
você pode checar?

eu sei que com a ponta dos dedos você
se tentar   alcança
o centro de mim

um cacho de questões se desfez atordoado
quando subi aquela trilha
cheguei ao topo montada

em minhas próprias pernas e pelos eu olhei
pra baixo e pros lados tomei fôlego
como quem respira a primeira vez

não é que a paisagem fosse muito bonita
era média
mas a beira me dizia afiadamente
algo sobre onde não se pode mais voltar atrás
perguntava a direção
do meu próximo passo

de pijama eu sei
que algo aguarda pra me sibilar
debaixo do colchão como se nada
ou uma mosquito vive prestes a me gritar
no ouvido sua urgência
de mãe

comprei ervilhas pra fazer uma sopa
e pensei preciso voltar praquele topo
preciso voltar a negociar com o abismo
vou assim também zumbindo minha fome
a barriga cheia de sangue
e pressa

de quem será agora esse vermelho ainda quente
na minha palma
que esmagou no ar o zumbido
e quem foi presa de quem afinal

não sei o que exatamente eu pretendia
ler nas linhas confusas das suas mãos
se eu sempre te achei afiada

será que tem cor o sangue no escuro
que faz dentro da gente
uma farpa, se quebra lá dentro
pode acabar sendo esquecida pra sempre
não há mapa
do tamanho do nosso dentro

você de mãos repletas me alcança
oferece uma pergunta pulsante e luminosa
com instantes de vida
ela brilha no escuro como estrelinhas
de plástico que tive no teto
um dia

eu me escalo pelas entrelinhas
enquanto respira incessante
a pergunta no meu cangote

e do topo do avesso de mim
onde inauguro tudo que não sei
eu inquiro

o abismo   o escuro do escuro
ele me diz
Nada

e no entanto aquela vista
aquela vertigem das beiras
sem cercados

daqui oito horas eu sonhei que caía
e acordei respirando forte
como quem acorda de novo
depois de acordar mil vezes dentro de outros sonhos
quem se convence o alívio de que agora sim
agora sim chegou no mundo certo

assim de olhos bem abertos no meio da noite
é que finalmente lembrei
de Alguma Coisa
tão inteira e bem-posicionada que se ultrapassa
bolinha de gude no vértice
do caleidoscópio
algo que como um estilhaço de sonho
brilhando escorrendo pelos dedos
molhados
em seguida
voltei a esquecer

cagalume

saudosos
os desertos lembram vagamente
já terem sido leitos de oceano

no deserto o silêncio
é esse barulho todo aqui, esse murmurinho
esse solavanco, essa contramão

somos os desertores
de uma nação nunca fundada
de um desejo infundado
pelo que nunca poderia acontecer

escuta
no vazio o vagalume
come escuro e caga
Luz

como se fosse uma terça-feira
e tudo lhe fosse lícito

em cinco bilhões de anos os desertos
serão comidos pelo sol levarão com eles

nossos vestígios

faz muita fome no universo

no escuro o sol vaga
nos come e então
cagará o quê

a noite do deserto é tão escura
as estrelas alumiam
longe demais
nos protegendo de seus estilhaços

apago as palavras como pequenos
pirilampos como pequenos abajures
minúsculos vagalumes
no escuro

me ponho a dormir
saudosa
longe de você
como se fosse terça-feira
em marte onde os oceanos todos
já evaporaram

sonho n.º 1

9 de maio uma reunião agendada
sobre mim
não se esqueça
cada câmera de cara à parede
em quartos
pintados escondendo o reboco
os ecos
do vento na janela o refúgio
das manhãs um passarinho
bica a minha pequena
testa os cavalos amam
como pelos em pernas e constatações
como as aranhas têm sete
pernas quando amam se perdem
nos mergulhos do mar
eu tenho uma entrega pra
te fazer mesmo
que você não receba
são sete sete sete sete
        sete sete sete
pras nove e minhas plantas
murchas desejando chão
do alto do décimo andar

como um corpo deseja chão
na palavra com o cheiro e a cor
da terra
o gosto um buraco um vão
um balanço
por onde se derrame o mel
por onde possa nascer mundo
a fenda que se abriu em mim
uma ferida um hematoma uma bolha
pustulenta não sei
se uma fenda é um rasgo
se uma ferida é um portal uma passagem
vou
por chagas vaginas espelhos
de mim em mim
nas folhas secas sentir
o que sentem todos os mortos
a coletividade firme
de um cemitério um condomínio
pra nossas transmutações
eles sonham pra sempre
sustentando pra nós o vazio
a sete palmos
uma fenda se abre
no fundo do oceano
quando empurro as paredes
da carne e corto cebolas
roxas pra poder xorar

*

nomear é trazer à existência?
existir é trazer ao Nome?
penso neste que me deram

N a t h a ´ l i a
ferreiradesouzaesilva

temo meu limite
aqui me acabo?
temo a possibilidade
daqui me ultrapasso?
depois deste fim desconheço

é sempre assim
ficar noite, querer dia
ficar bêbada, querer beijo
ficar beijo querer o quê

ir dormir
sem levar nada

senhas

I
minha mãe dizia que as bolinhas brancas nas unhas
aparecem a cada mentira que contamos
(é o que a mãe dela dizia)

II
eu olhava minhas mães minhas mãos
aterrorizada
pintada escancarada de pecado

III
quem foi que me abriu
esse rasgo
que carregamos no meio das pernas
que nunca estanca
derramando sangue todo mês

que pretende nunca cicatrizar

IV

objetos densos como um corpo ou um navio
também se desfazem no ar
embora pareçam eternos

V

há manchas nos colchões
que nunca saram
e se parecem
com as manchas nas paredes
e se parecem
com as colônias nos absorventes
que por sua vez se parecem
perturbadoramente demais com fraldas

VI

o asco mora nas unhas
atraídas pelas cascas das feridas
engrossando com a idade
carregando fungos, mentiras e infiltrações

nos arranhando por dentro
quando mal cortadas

VII

eu escorreguei pro fundo dedos
repletos de bolinhas brancas
ampliando os rasgos escancarando cortinas
atravessando a resistência fina
das membranas

as unhas tingidas vermelhas as enfiei
na carne das coxas
pedindo perdão
abrindo passagem

VIII

quando amo acolho
seu cheiro no meu corpo
mudo até de hálito
e por isso acordo mais vezes
no meio da noite

peço permissão
de te manchar os colchões as colchas as calcinhas

por falta de hábito esperanço
te ver me abocanhar o sangue
cheio de coágulos

IX

objetos rarefeitos como um corpo
cometem muitos rastros
deixam sujeiras
paixões
impactos no meio ambiente
e outras firulas

mesmo depois
de não sangrarem nunca mais

X

as mulheres quando não sangram
às vezes sentem muita falta

chegam a enfiar agulhas
de crochê nos úteros
pra matar
a vontade

XI

no dia de hoje só tenho nas unhas
uma manchinha branca

mas cada mês que vem
sangro num dia diferente

carrego no ventre filhotes
de nódulos se encurralando

as regras em mim
nunca foram regradas

XII

minha mãe dizia
que as bolinhas nas nossas unhas são inevitáveis
acho que pra me consolar

dizia que também podia ter a ver
com falta de ferro

XIII

as mulheres se lhes obriga
a mentir muito

e por isso elas tiveram
que inventar esmaltes

*

(cuidado com o vão entre a palavra
e a vontade de dizer)

expurgo

eu grito de volta
as palavras escondem perguntas
as portas batem armários
clamando um silêncio frágil
insuportável sou muito áspera
sou um descampado de esperas
o ar se revira garganta
talvez na verdade eu queira
essa sua mão lançada na cara
ver a marca restar na bochecha
eu desapareço de volta
depois de dois a três dias
trago seu amor de volta
do avesso
eu cuspo a pasta de dente
eu custo seu rosto no espelho
eu quebro um pouco
a cara
as perguntas não fazem palavras
esperando vermelhas-traqueia
eu volto e grito
do avesso
a clareza cortante

da raiva
o umbigo uma ponta de faca
sorrimos na véspera
do fim do mundo
mas é claro que o sol vai voltar
nananã você canta —
como que mesfaqueia

pois eu detesto as curvas das suas costas
douradas como montanhas displicentes
na minha cama quase dizendo
o indizível —

meu nome na sua boca
as pérolas das conchas
o trabalho da areia das pérolas das conchas
o deserto a atravessar

bacias

num dia

um rapaz mais inquieto que eu, espasmódico, coloca a bexiga com água na minha boca sob ordem da professora e desce. sou então um comprido e transviado retorcente tubo. eixo e movimento, centopeia humana, máquina da merda que gesto no mundo. eu quero comer tudo. os órgãos vísceras vibram sem nosso comando, pulsam sós, coração-cérebro, cérebro-intestino. esse que fala da (in)segurança. instável, solta rápido demais ou tenta se agarrar a tudo que já passou da hora. tubo beirado de ossos, lugar da maldade e da inflamação. não sou cordão umbilical, sou feto em expansão, de unicelular me radiquei em mil milhões trilhões e a vida é se expandir até o infinito sinto, até se dissolver. isso tudo é brotar. eu preciso desejar. ainda sou flor abrindo e murcharei e há expansão em murchar. se entregar ao solo, virar chão. desejar tudo. não caibo e isso me guia. da inteligência dos quadris em estado de poesia traço nele os caminhos das vísceras com uma bexiga de ar. moles gosmentos somos por dentro e receio há algo sexual nisso. ser líquida me dá estabilidade no fogo. eixo ondulante, pra que eu não me devore na minha própria fome, não me consuma na minha pressa de mundo. é difícil sentar reta, manter-me ao centro de mim. meus ossos querem despencar. estão vivos como

eu inteira e essas vértebras são

cada

uma

únicas.

pulo as pedrinhas dos rios das minhas costas e me navego por dentro dentre o cheiro do pântano. não preciso de palavras que não sejam como a baba que sai do corpo e não preciso babar em ninguém, embora possa. hoje minha baba toda na minha cara, na minha página, não sobrou baba má para os caretas, só aquele que me habita. no querer bem e mal quererme toda. dentro de mim faz noite e toda noite pulsa com estrelas insetos silêncios sementes de novos dias e premonições dos que virão. se eu apurar os olhos vejo melhor no escuro, se eu puder relevar que você não veja. não fui feita pra teus olhos. asas ossos.

raízes anunciação.

fome ancestral

arranjo as peças de pedra sobre um tabuleiro de vidro:
a afinidade inesperada entre o que resta

tudo tão facilmente pode quebrar
a cada passo

como no estômago a lombriga
me faz pensar que tenho fome
pra que eu lhe alimente

porque meus ancestrais foram dormir
com livros inteiros costurados nas mãos

danço afiada no palco de vidro
como reinas derrubo reis
engulo reinados
e todos os príncipes

sim eu tenho
fome e carrego seu corpo
como um enxoval
como uma mortalha

porque meus ancestrais foram dormir
e só podem acordar
dentro do meu estômago
como se fosse eu
a baleia

acendo os fósforos
apago discursos
deixo queimar
devo isso a eles

porque meus ancestrais são livros inteiros
dormindo acesos em minhas mãos

*

meu corpo não é um templo
é uma floresta
entre vida e morte e musgo
rolam barrancos abissais, lagoas vastas, clareiras
lodo e sujeira e ressurreição

meu corpo não é de deusa nem ciborgue
estou sujeita
como toda terra
ao tempo que se desenrola em mim, e não me encerra
lhe sou tecido

e não me é lícita a eternidade
eu mofo, eu apodreço
essa é a magia minha, maior única festa, minha cova
meu corpo não é uma casa, não tem tapete
de boas-vindas

toda floresta
com seus caminhos inomináveis de treva, posso me perder
posso nunca achar e, no entanto,
sempre prossigo
de tanto que me desconheço

e me traço convites e perigos

meu corpo não é barco, nem sou marujo, não existem velas
sinto oceano
contra o inelutável dos contornos
vou dizer bem alto que meu nome é Muitas
e me (lhe) faltam mapas
ainda bem

a esse corpo

eu gostaria de morrer com esses seus olhos
firmes

é que você se oferece inteira

aos bichos deseja compor suas carnes
Outras   com a sua   eu vou

eu gostaria de viver
da fome das bocas do seu corpo
escancaradas feito praia

você me inquire
          encara
          fere
com essas pupilas-percevejos
de mural

a este corpo

ao desassossego entediado
dos seus glúteos

àquilo a que se agarra
o osso ao que estala
ou estraçalha antes
que eles venham, sim

você se oferece inteira

fingindo proteger as vísceras

a essa mulher

ganindo à minha frente

como se eu pudesse sair ilesa

a essa que deseja e traja displicente
a máscara de minha mãe

que me demanda, não
que me ordenha
que eu diga ou faça ainda
rápido o que vim ser

a este corpo

imenso pronto ferino terreno meu incontornável:

sim

erijo como um monumento a palavra que resta e entrego recém-nascida aos teus lábios:

Sim.
a ti esse poema
prenhe de espaços baldios
que como nós   não sabe se acabar

política

I

eu não sei mas algo sabe em mim
nascer como nasce qualquer cogumelo

conservar aquele lugar dentro onde somos ingovernáveis

e cantar e brincar e dançar e comer e lembrar e não morrer, por
[mais que isso
os irrite. fazer festa

pegar o mundo com as duas mãos
e os pés e os pelos
e se lambuzar

II
civilização é fingir não ter corpo
onde resiste o que nos é animal

por isso política
são nossas corpas transbordando na rua

não pede passagem: arrasta
tomando o mundo de assalto

brincando
gozando alto

III
a Civilização impõe, séria: sejam
e o Frevo fervilha
em nós tudo quanto é micróbio
dizendo: não

e ri gostoso

*

do beijo duma coisa e outra
a colisão
que inaugura o mundo:
foi uma festa
foi uma violência um desastre
uma ruptura explosiva
de se nascer

é assim
atravessando pontes submersas
dentro do poço profundo do peito
aqueles que detestamos
também sonham sobre camas ou chãos
também têm mortes e infâncias
nascer também lhes dói

no centro da terra onde tudo se funde o mundo
se inaugura no fogo dum beijo
incendiário
carregamos dentro a chama cuidamos
que não se apague
como quem carrega a tocha olímpica
num país no completo breu

e ele tremula
nos aguardando

as deusas brincam e dão risadinhas
com sua sagrada crueldade
os olhos dois penhascos
fundos
tocam bicos dos peitos esfregam grelos
fazendo mundo
belo e banguelo sempre
(como a guanabara)

o beijo profundo inventando
toda operação do corpo-bicho-terráqueo:

- lamber as coisas
- se esfregar nas coisas
- devorar as coisas
- se refazer   a cada brutalidade

gostaria muito de lamber o mais dentro
de mim e mais dentro do mundo
ao mesmo tempo
como se fosse possível

religar-nos pelo cordão perdido

como se nos fosse possível

um umbigo só

*

desejo:

traçar uma linha no chão

com os pés

saltar

travessia

I

nos faltaria no país um vulcão
uma placa tectônica nos cruzando inquieta qualquer ameaça
de desastre natural pra lembrar
que dum instante pro outro tudo desaba
por um capricho da terra

II

cortem as cabeças aos retratos
não mais celebraremos as imagens
pomposas de filhos de reis que nada fizeram
além de nascerem filhos de reis
à sua própria imagem e semelhança

III

pintemos agora
as caras as mães de maio
as vendedoras de picolé os entregadores
as crianças assassinadas os pedreiros
os pais de santo os reis do congo
kopenawa krenak ogum oyá nossa raiva

tremulante erguida em todas as praças
8.5 na escala richter

balas

I
uma palavra que se alojou na espinha dorsal
e me deixou nascida

II
uma bala mastigável
sabor metal
onde eu possa visitar aquela sua última refeição

III
você:
um disparo
da janela lateral dum quarto longínquo

feito faca na manteiga
você
não deixa traços rastros neste mundo
exceto em mim

IV

uma bala juquinha
daquela bexiga enorme de aniversário
que a ana atravessou com uma vara
e o estouro arremessou em mim
no meio da testa

era morango

V

balas de coco caseiras que comprei
na estação que te antecede
antecipando
a doçura sonhando derreter na sua boca
como eu também pretendo

VI

roleta-russa:
aqui isto
ali aquilo
por algum motivo
você apertaria?

VII

as balas de plástico   cápsulas ocas
do primeiro gatilho-brinquedo
que seu pai lhe ensinou apertar
e agora te vendo assim
deve ter se arrependido

VIII

um tiro

no meio do texto

somente o eco

*

meu pai comprava
um frango assado inteiro na padaria do bairro
e me dava de comer só o tutano
de dentro dos ossos

meu pai queria
que eu tivesse tutano
que eu chorasse menos sempre
que alguém me atirasse uma borracha

às vezes eu comia também as batatas
às vezes eu quem atirava as borrachas

quando fomos ao zoológico eu queria
que vissem que eu estava doente
queria estar magra raquítica
e com a ferida do exame de sangue à mostra

meu pai comprava gibis por quilo
no ferro velho do bairro
meu pai dirigia
uber com o ombro quebrado
meu pai me comprou

um violão e depois ameaçou quebrá-lo
na minha cabeça mas não quebrou
meu pai me colocou em aulas de violão e eu
pedi pra sair
porque me sentia muito feia

meu pai queria alguma coisa pra mim
embora hoje não queira de mim
mais nada
mas pra mim
talvez ainda queira

memórias

os coveiros sacerdotes da passagem
de uniformes azuis das firmas terceirizadas
comem sanduíches no intervalo
do almoço

um menino que amei
de olhos gentis
me mira de ódio lento e diz PUTA
como quem porta uma adaga

minha avó amarrava dia sim dia não
fatias de batata na testa
prescrição sabedoria popular
pra dor de cabeça

tédio rançoso nas tardes de loja de meu pai
as estantes metálicas
perto da escola paredes
abarrotadas de canetas

os coveiros sacerdotes da passagem
com uniformes azuis das firmas precarizadas
enterram minha avó
e vão comer sanduíches

herança

ninguém me dará a voz:
terei eu mesma de abrir as bocas

leio pra conversar com os mortos

passou-se mais um mês em que aleguei tpm por umas duas
            quase três semanas
tentando explicar o porquê ajo assim
como quem desmancha fácil

é como disse Macabéa: os animais não exigem
            que a gente faça sentido

estar entre humanos é exaustivo
            tem que fazer sentido o tempo todo

de certa forma ainda bem que das mulheres
            também se espera certa bestialidade

----

coisas que já ouvi:
você é agressiva
é difícil
é doida
desdentada
gordinha
magra

feia
você é especial
puta
inteligente
desesperada
você é bonita
linda
maravilhosa
uma pessoa muito difícil
sensível
complicada
desconfiada
observadora
perspicaz
engraçada
a mulher mais linda do mundo
gostosa
zoada
grossa
estúpida
tímida demais
falante demais
demais
desleixada
porca
desastrada
desatenta
estilosa
misteriosa

cheirosa
espinhenta
sebosa
intensa
serena
pacífica
despeitada
peituda
desbundada
bunduda
queixuda
nariguda
hostil
dedicada
estudiosa
forte
fraca
sagaz
desmiolada
interessante
desinteressante
merda
artista
sapatona
peluda
careca
exaustiva
carente
insistente

exigente
exagerada
ciumenta
ansiosa
deprimida
alegre
mortal

as reúno pra tentar entender quem sou o que se espera de mim
como mulher
como as palavras e as cuspo
correspondência devolvida na sua caixa de correio
como mulheres inteiras as cuspo
dançando nas águas primevas

é muito pra digerir:

enquanto os homens moravam em escritórios cheios de livros
Clarice
escrevia de máquina no colo no sofá
da sala pra que seus filhos soubessem que têm mãe

o que Clarice teria escrito dentro de um escritório?
o que Clarice teria escrito sem ser mãe?
Clarice é literatura-mulher

como Hilda passo cem horas em frente ao vazio das ondas de
[rádio
tentando contato com o povo cósmico do além

que nos traga notícia do que é ser
mulher depois da morte
que nos ajudem a perder o medo
de ser

Clarice, é Nathália Ferreira
como você está se sentindo?
você de verdade não tem
mais nada a dizer?

quero saber de que já te
chamaram
quero saber se você
atendeu

se não há infinitas palavras pra serem ditas como podem existir tantos poemas?

palavras que saem urgentes
palavras que saem de insônias e calmantes
palavras que vomitamos
            que expurgamos
            que babamos
            que permitimos
            sair
palavras como flechas
como nomes Próprios
como lanternas no escuro
palavras que nascem de cesáreas
palavras densas / ocas / rasteiras
palavras-sandálias-de-plástico
palavras-planta-trepadeira
palavras cansadas
palavras segredadas no escuro entre muros
palavras em megafones
palavras que entram por um ouvido
            e saem num ovo
            saem no corpo
saem como um pum
            como um espirro

como um sonho um xixi mero resíduo
das biologias do corpo
palavras lapidadas de pedra
palavras dilapidadas
palavras proibidas
palavras de gestação longa
para as quais cosemos enxovais
palavras abortadas
palavras que olhamos de esgueira
com a desconfiança
dos vitrais
palavras-pedra
palavra-trajeto do estilhaço no ar
que sabe e desconhece o destino
palavras-osso
atravessadas na garganta
sustentando o peito
sobrando demais depois de nós
palavras-caixão
palavras-terra
palavra-adubo
palavra-canção
a palavra PEDRO
palavras que nos faltam
embora lotemos tantas páginas
palavras esgarçadas de tanto uso
renovadas de tanto uso
brilhantes de tanto uso
palavras são pra serem usadas

mas nem sempre
palavras-troncos atirados contra gentes
palavras que preferiam ficar
sem serem ditas
palavras que não se calam nunca
            onde enganchamos
palavras-retalhos
            dos quais me costuro um corpo
palavras-constelações
palavras Constituições
palavras como uma canção de ninar onde cabemos
            com nossos pedaços mais macios
palavras como uma elegia
            como um hino para os mortos
palavras votivas queimando por sete dias
palavras que saem atropeladas ou nos atropelam
a palavra que chega a galope
palavras que falam através de nós
palavras que dizem dizem e não dizem
nada
palavras escondidas na folha em branco
palavras em línguas extintas
palavras exorcizadas
palavras que nos despertem do susto
            que nos tirem desse marasmo
palavrões às vezes pequeninos
palavras que foram dormir na sua língua
aquela noite que cê tava aqui
palavras que acordaram

na ponta dos dedos
a primeira palavra que alguém diz
a última
palavras que são pavio
palavras incendiárias
palavras meu naufrágio
e embarcação

*

penso nesse texto inscrito em nós
que nos inscreve no mundo
TAGAGCTAGCGTACGTAGCA
parece um batuque parece um livro sagrado parecem
alfabetos hieróglifos kanjis sinais códigos parecem
duas serpentes se entrelaçando pra sempre
por dentro do mar

a inquietação das águas que nos habitam
ferozes cobertas de ninfeias

nossos textos
uma hora sempre se repetem

será preciso então repetir o amor
como um batuque
como um banquete
como se repete uma palavra até desmontá-la
em seus mecanismos íntimos
até esvaziá-la de sentido
até matar a fome
repetir o amor
até que seja estranho repeti-lo

até que abra a boca só pra dizer
quá quá

greve dos desvairados

expressar o que está preso é um prazer:
sofrer sofrer sofrer
e sair rindo

tenho vontade seria gostoso
me desmanchar em dor inominável
tomar as ruas perdendo
esta roupagem humana
deixar o não eu em mim me deformar
não trabalhar, não narrar, não fazer feijão, não lavar a louça,
[não votar, não saber
as notícias
não ter
documentos
cargos
encargos
extratos

não ser

não mais

me recusar

de pé

I

a Floresta não produz oxigênio pra nós
mas pra si mesma

a Floresta gesta uma nuvem imensa
que esconde o continente dos olhos
de um deus branco

a Floresta olha a cidade e se enche
de apetite
subsiste debaixo da metrópole
e inquieta

a Floresta produz garra mandíbulas
e nunca se desculpa por nada

a Floresta soberana produz Floresta
tudo isso — de pé
y nada más

II

na cidade vivemos temerosos
construímos túneis pra atravessar montanhas
rastejando

esperamos sentados
um dia
em que será impossível evitar
que os famintos nos devorem

tudo é contágio

quando alguém tosse perto de mim num lugar fechado, sempre prendo a respiração e sempre saio vencida. será preciso te respirar pra dentro das entranhas. todas as bactérias germes germens comuns que temos no mundo. sinto convulsionarem meus germes porque ontem roubei um brigadeiro antes da hora da festinha. hoje não levantei pra uma senhora estando no banco preferencial, e até fingi que não vi. ela não era tão velha assim, que aí eu teria levantado — há limites pro tamanho das maldades que me permito. digo isso pra fingir que quero que me perdoem. mas que prazer senti olhando pros dois lados e engolindo GLUP o brigadeiro que era pro dia seguinte e nem ajudei a fazer e escondendo no bolso o papelzinho rosa de textura quebradiça pra ninguém dar falta. prazer em cochilar naquele banco. será me xingaram em pensamento? no meu eu pensava: geralmente sou boa pessoa. dei oi pra todo mundo enquanto só eu sentia o rosa do papelzinho vibrando nas coxas, um tanto acionado um tanto blasé: desinteressado das minhas rupturas. se me permito é pelo prazer de ser subterrânea. pelas brechas escuras discordar onde não tenho controle. eu vejo o jogo e posso jogá-lo no claro, mas resguardo aquele milímetro onde faço as regras ou desfaço. aquele milímetro vibrando nas coxas. sozinha dentro do provador. sozinha dentro da cozinha. sozinha dentro do escuro dos olhos fechados. no banheiro do trabalho danço. sozinha posso ser absurda e livre como se fosse um cômodo. como se fosse asa. talvez sejam pequeniníssimas demais essas fugas, e ainda assim a desobediência veste em mim como um casaco novo no qual você se surpreende no espelho estupenda. eu que sempre ocupei pouco espaço. ela é tão quietinha. a toda saciedade, desconfiança. respiro fundo o germe dele e quase desejo a sujeira e o risco. convivo em mim tanto dócil quanto arisca. arrisco ser oposta. traço amarelo azul e vermelho-útero no mesmo dia. as raízes lentamente rasgam a calçada e eu sou raiz e também a terra e também a água e a destruição. sou calçadas e pedestres. ontem por exemplo deixei de falar sabendo que poderia falar e a renúncia desceu leve, porque muitas vezes finjo que escolho deixar de falar sabendo que não poderia. mas naquele momento eu soube que eu não importava nada e importava de tudo assim como todo mundo, e que qualquer um dissesse coisas era desnecessário e imprescindível. que eu tenha vezes e vezes me confere a humanidade. ter múltiplos povos que me habitam. chamá-los todos pra lanchar. pobre ceia farta. comem minha carne toda e me refazem. desejo quebrar algo irreversível sabendo que tudo é irreversível. qual será o germe irremediável em que aspirarei gripe e aquele em que aspirarei palavra e aquele que carrega inflamação de garganta ou fedor ou uma próxima vida pois engulo todos, todinhos. nada de leite mau pra mais ninguém.

homenagem

àquilo que pede passagem
não
cava buracos na barragem
pouco a pouco despejando tudo
sobre a aridez

ao medo do desajuizado em mim
daquele que deseja celas
dessa desvairada galopante na barriga
esfomeada feito correnteza

ao medo

da desintegração
como se muitos os cavalos
amarrados a cada membro meu mas veja
o vento sopra pra uma só direção
embora mude
às vezes a cada segundo ou menos
e nunca se tortura sobre se devia
ter permanecido

é assim que enquanto ocupada nos meus medos
de repente percebo sempre
surpresa
que já não estou

homenagem
ao que não me contenha

como quem sempre soubesse o caminho
quem há séculos abrisse a trilha

não estou porque já fui
— lá me aguardo
polindo os cascos
penteando as crinas

as catadoras e eu

no seu espelho me vejo de perto demais:
sinto que sou um animal
pior, sinto que sou um animal que não conheço
pior, gosto

gostaria de me provar a carne

meus detalhes apontam que meu fim se aproxima, e sigo
viagem

brechós — lixão — sacos de lixo — lixeiras — xepa da feira
[— talos — ferro velho
brotando novos ramos
e mofos

o que resta depois das grandes máquinas concluírem
suas oficiais colheitas:
colhe

recolhe
o abandono

as plantas crescem viçosas nas calçadas

junto ao lixo

sobreviveremos

todos os mistérios o mistério

às vezes o ritual ao redor da cabeça de urso há trinta mil anos
nos fundos duma caverna na frança era alguma espécie de balada

às vezes daqui na pós-história (a nossa)
acharão resquícios de nossas baladas e pensarão
que eram igrejas tentarão
entender nossos ritos e nossas fés
a partir do que sobrar dum risca-faca, do villa mix
ou dum bacanalzinho
de adolescentes na rua augusta

às vezes aqueles homens e mulheres
brincavam de adivinha na caverna de tochas acesas
adivinha que bicho que eu tô desenhando, e riam
às vezes quem sabe tinham tristeza
ao caçar cavalos sonhavam
com os potros que restaram

não deixa de poder ser ritual
toda vez que nosso corpo dança
chora come espirra
numa terra onde já pisaram tantos
como os antigos das vênus sigo

endeusando bucetas e gestações sigo
sonhando mulheres
que se metamorfoseiam pássaros ou panteras

às vezes eu penso
o que são meus vinte e sete anos frente a tudo isto

eu penso na multidão
antes de mim se também tiveram medo
se também quiseram
poder ficar
pra ver o que acontece depois
de cada fim de mundo
pra saber que penso neles
pra me conhecer

às vezes penso
o que restará de nós
e quem se esforçará pra imaginar nossos porquês
penso no porquê que eu vim mas já que estou aqui
por que é que tenho de partir
se eu gostaria de ficar

quantos gramas pesa o sopro

hoje já se sabe que o peso do pássaro vivo
é maior que o do pássaro morto
embora seja tão difícil carregar
um corpo inerte
onde já não há desejos de ser carregado

dizem que a impressão é que dobra de peso
como quando saímos da água
dizem que os cabelos continuam
crescendo depois que já saímos de nós
e que somos mais leves quando temos
vontade de sermos levados

o desejo penso então é um algo que nos carrega
é como se nos pusesse um pouco a flutuar

asas do desejo

não há dados sobre o peso dos filhotes quebradiços
que desejam céu mas nascem sabendo só do chão
ou se o tamanho da vontade influencia a chance
das fraturas de pescoço

sim, eu penso nisso por ser invejosa
pela vontade que eu tinha
de poder voar

mas sigo meses demais regando o rastro
de plantas que já morreram
galhos secos de arruda manjericão babosa
que nunca renascem
há desejos penso então que também nos amarram ao piso
embora as vezes nasça outra erva
inesperada esperançosa no lugar

palanque

olá. boa noite, senhoras, senhores. esta noite eu gostaria que vocês me escutassem. sobre o que eu vou falar ainda não sei por enquanto. mas eu sei que eu   vou
falar.   disso não fujo. por favor, fiquem. por isso eu subi, com essa pose de quem fala. pose de quem fala é ficar assim bem vertical, criar um tubo reto que siga de baixo a cima, tornar-se um caminho só do cu até a boca. por favor agora fiquem em pose de quem escuta, isso. derivando uma curva. o ouvido tem muitos rodeios, a boca não. são biologias inescapáveis. hoje eu comi coisas amarelas verdes azuis e transformei todas em cocô ou estou prestes, o fiz ao longo de meus circuitos cáusticos também cheios de rodeios. quero dizer vísceras. quero dizer fábricas. desculpem. estou vendo a senhora ali franzida e não quero ser inconveniente. por favor continue ouvindo, tem um lugar aonde eu quero chegar. já engoli muitas palavras intragáveis, algo se maquina em mim, ninguém precisa falar sobre isso. já aprendemos ser mais elegantes. algo se maquina em mim por outros tubos ou nestes mesmos sou uma fábrica de sentir coisa. não é auspicioso hoje falar de sentimentos porque tá frio. eu só subi aqui hoje porque precisava muito falar. na verdade mais que falar eu precisava que vocês ouvissem. precisava que vocês me ouvissem no que não sei dizer. eu sei que é querer demais mas quero. tenho culpa? nem sempre eu faço

algo sobre as coisas que quero mas eu vou subir um pouco mais alto agora, espera. este degrau mais firme é bom, eu precisava mesmo ficar firme pra falar do que não vou falar. dá pra ouvir bem daí? é bom porque daqui eu preciso falar mais alto pra te alcançar e quando falo mais alto o peito vibra. quero dizer víbora. quero dizer que tenho algo que se esgueira e preciso que ainda dê pra ouvir porque eu preciso me dizer. eu preciso me dizer. eu preciso me dizer. eu preciso me dizer eu preciso me dizer eu preciso me dizer di di di di di di zzzzer (não brinca com a comida, fábrica de barulho!). toda palavra é barulho, mas nem todo barulho é palavra? você acha meio arbitrário que o que eu falo faça mais sentido do que o que eu grunho? eu queria muito te grunhir tudo que tenho pra dizer. queria que fosse assim dum jeito que te enfeitiçasse. que te enlaçasse bem gostoso que você nem percebesse. que te fizesse querer ficar, se embrenhar, se perder. poder grunhir alguma coisa que encostasse: nos lugares seus ainda sem nome. bem no meio do seu desejo. transformá-lo. eu que nem sei por que queria isso mas tá óbvio: que é querer demais. eu sei que ressoa que transpira eu sei que fede que escorre embaça os óculos eu sei. que minha cara tá toda lambuzada eu sei. que vocês conseguem sentir o cheiro. mesmo quando fingem que não — e eu finjo também! não é nenhuma acusação. por favor não vamos embora ainda, ficamos muito bem juntos. fingindo que a gente não vê tudo aquilo que escapule. escapule? escapula?

escapole? que estranho o verbo escapulir assim. eu vou contar um segredo: eu não consigo dormir com ele do lado. eu fiquei duas semanas ou três que só sonhava com ele que nem doença e depois nunca mais deu pra sonhá-lo. sonhando foi que eu soube que o deixei entrar. bem fundo. todos vocês que eu conheço agora e tanta gente que já encostei eu deixo penetrar todo pedaço de mim por fora mas nunca deixei entrar dentro do meu sonho, lugar último. mas com ele eu sonhei umas quinze, vinte vezes naquelas semanas e depois nunca mais. não é estranho?

mesmo sem conseguir dormir eu não quero que ele saia da minha cama. vocês que ouvem gostariam de experimentar minha cama? gostariam de me amar num sonho seu? eu deixo, dê uma lambida, vê que gosto tem, deixe que lhe visite. aproveite enquanto é muito fino este lugar onde estou em cima. esse pequeno pódio, essa pereba. agora que pensei nisso minhas pernas tremem e não tavam antes. até que é gostoso assim: me faça continuar pensando com suas linhas íngremes. quero me equilibrar no topo do seu nariz, como equilibrista. aqui é até gostoso, é quase uma vontade de cair. não, eu não quero me machucar, não saque seu celular pra filmar e tampouco precisam se preocupar comigo. vocês não sentem um pouquinho às vezes aquela vontadinha gostosa que nasce daqui de baixo? quero dizer vontade de desabamentos. vontade de se desgarrar. vocês não ficam assim num lugar que parece picadeiro? numa barra de ginasta? não dá vontade de fazer estripulia? vocês estão curiosos com minha fofoca, mas eu não sei explicar o porquê não durmo. não tem ronco, ele não se remexe de noite, não sei. tampouco é daqueles que vira de costas e prolonga a largura da cama como se fosse trampolim. não. porque ele enlaçou assim inteirinha a perna dele na minha bem apertado e não largou mais. mas o tronco ficava sempre muito longe, traçava uma diagonal no colchão, aquele corpo, braço perdido de estrela do mar, se projetando pro mar aberto da noite difusa ao redor de nós, ilha só, embarcação, carcaça, naufrágio. porque será que ele queria me tocar na perna mas não nas vísceras. e eu será que sou capaz de amar só metades de baixo. minotauros. é como se ele se deitasse já meio indo embora. talvez seja inteligente nunca desligar a luz de emergência nem esquecer as rotas de fuga. meu lençol ficou roto de tanto que eu me estiquei pra lhe buscar sendo que eu tinha tanto. tá ficando frio aqui em cima, porque vocês estão bastante longe, mas espero que ainda dê pra ouvir. o frio atrapalha na espinha porque eu ainda tenho coisa pra dizer. eu não sei se vou dizer. mas eu tenho coisa pra dizer porque tenho coisas que dizem em mim. eu tô prestes a alguma coisa.

eu prometo

por favor aguarde

muita gente já dormiu do meu lado me tangenciando, o corpo reta paralela ao longo da minha presença pontiaguda, aguda, mas ele é impressionante na maneira de adormecer tão longe enquanto me encostava. onde ele estava? eu queria saber mas sei que é querer demais. eu queria saber o que isso ensina sobre noites. é querer demais. ele deve ter sentido o cheiro. espero que isso não o faça tirar até as pernas. alguém pode levantar a mão e me encostar? estou pensando que talvez o que o faça ser longínquo seja o mesmo que me faz querer falar. eu queria muito, me dizer como quem amola facas. talvez nunca tenha nada pra ser dito, mas eu sempre digo. alguma coisa que tangencia o que grunhe e nunca o toca. dança bendita, mal dita. eu vou descer agora. guarda sua moeda que eu guardo meu chapéu. quero dizer aguarda. quero dizer aguenta. todas nós sabemos que não valeu a pena.

enunciado de futuro

perder-se inteiro
numa grande explosão
como se fosse um ônibus
de excursão de escola

(a quinta série não tem medo)

perderemo-nos
cheios de moléculas
na vertigem de nós
desfeitos

deixaremos pegadas
feito os grandes animais que somos
feito os grandes animais que sonhos
trouxeram pra dançar no nosso chão

do mundo carregado nas costas
duma série de lagartixas empilhadas
de sapos que gestam gatos que gestam cobras
que podemos comer, beijar
pegar pra criar
com suas línguas verdejantes como facas

fugiremos
desta bolha flutuante
montadas inteiras em nossas
tamancas pretas

pegaremos um barco
feito só de motor
e de alavancas

feito só do desejo
de fugir

à porta do mundo estreita
como um beijo apaixonado
iremos peludos
antes que o centro nos engula

antes que o centro de nós
se torne a garganta a fuligem
a onça a serpente o feitiço
que é

*

e que digam que eu tinha sempre
    terra ou sangue debaixo das unhas
e andava meio carcomida
    com uma matilha de sonhos a me perseguir
e andava meio triunfante
    cavalgando uma matilha de sonhos

*

e aos urubus
esperando meu corpo
um brinde:

diga a eles
que não vamos agora.

■ primeira edição
■ junho de 2022